DES CHAUVES-SOURIS

EFFRAYANTES MAIS INTÉRESSANTES

Tracy Nelson Maurer

Un livre de la collection
Les jeunes plantes de Crabtree

CRABTREE
Publishing Company
www.crabtreebooks.com

TABLE DES MATIÈRES

DES AILES SURPRENANTES

Les chauves-souris sont les seuls **mammifères** qui peuvent vraiment voler. Le corps des mammifères est recouvert de poils. Les bébés mammifères boivent le lait de leur mère.

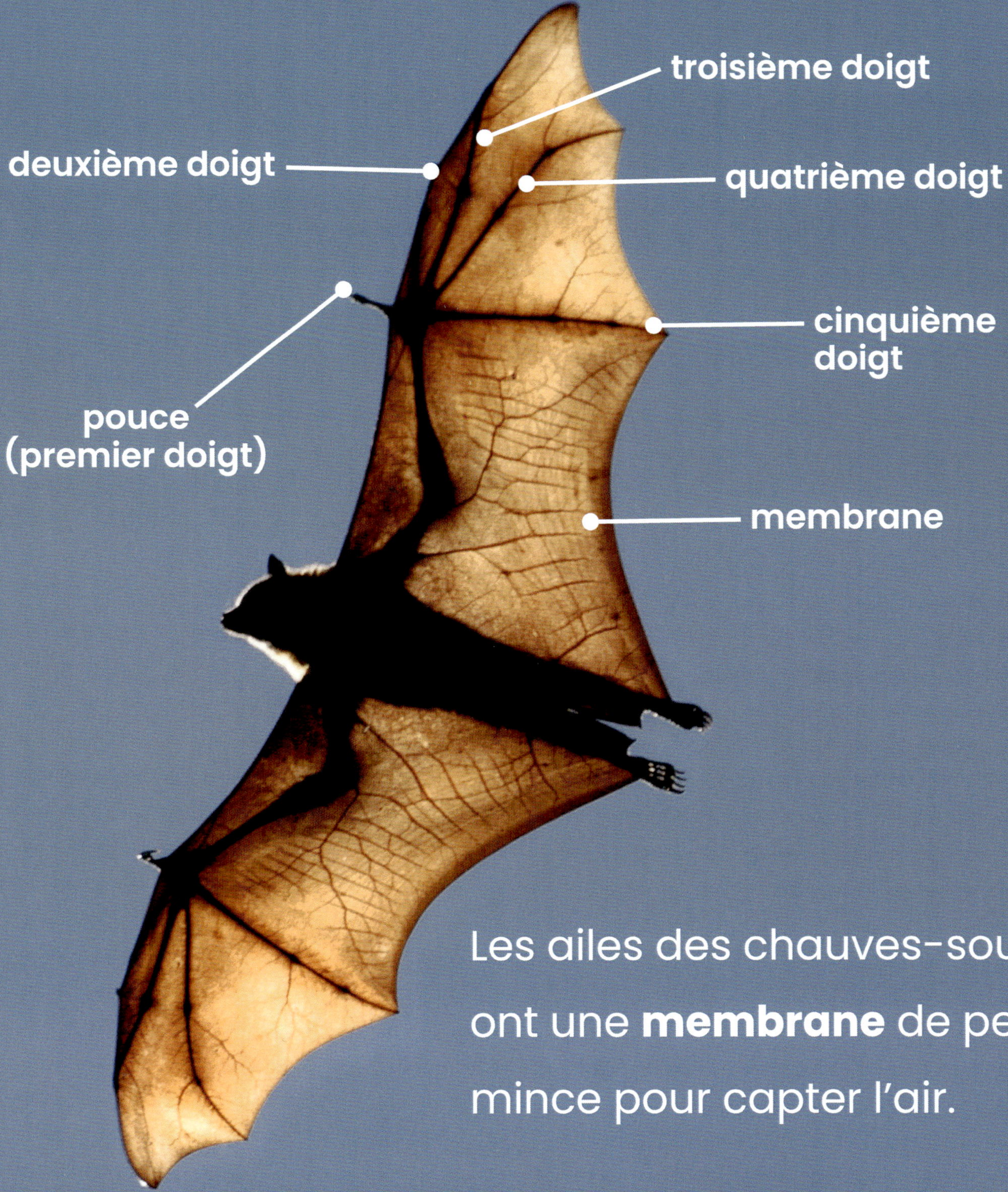

Les ailes des chauves-souris ont une **membrane** de peau mince pour capter l'air.

La plupart des chauves-souris ne peuvent pas décoller à partir du sol. Pour voler, elles se laissent tomber d'une corniche, d'un arbre ou d'un autre endroit élevé.

Les chauves-souris bougent leurs ailes de la même manière que les humains avec leurs doigts. Les chauves-souris ont également un pouce préhensile.

REPAS DE MINUIT

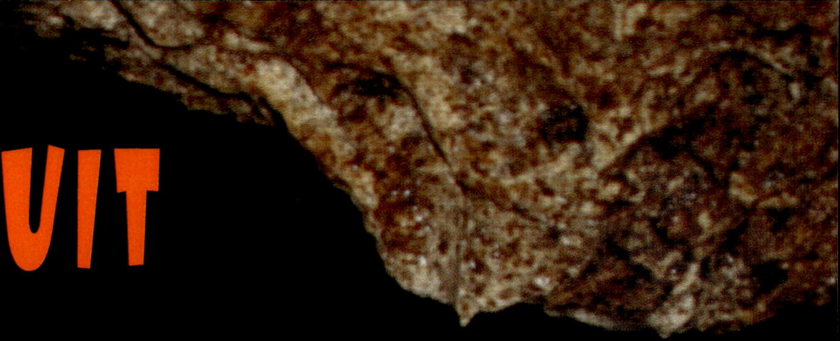

La plupart des chauves-souris sont **nocturnes**. Elles volent la nuit pour trouver de la nourriture et dorment pendant la journée. La plupart des chauves-souris mangent des insectes, comme des moustiques, des coléoptères et des papillons de nuit, ou de petits animaux comme des grenouilles.

Les Triaenops persicus mangent des insectes.

Certaines chauves-souris mangent des fruits. Elles vivent dans les **pays tropicaux**.

Les grands noctilions ont des poches dans leurs joues pour transporter le poisson en vol.

Les Senex de Centurio sucent les bananes très mûres.

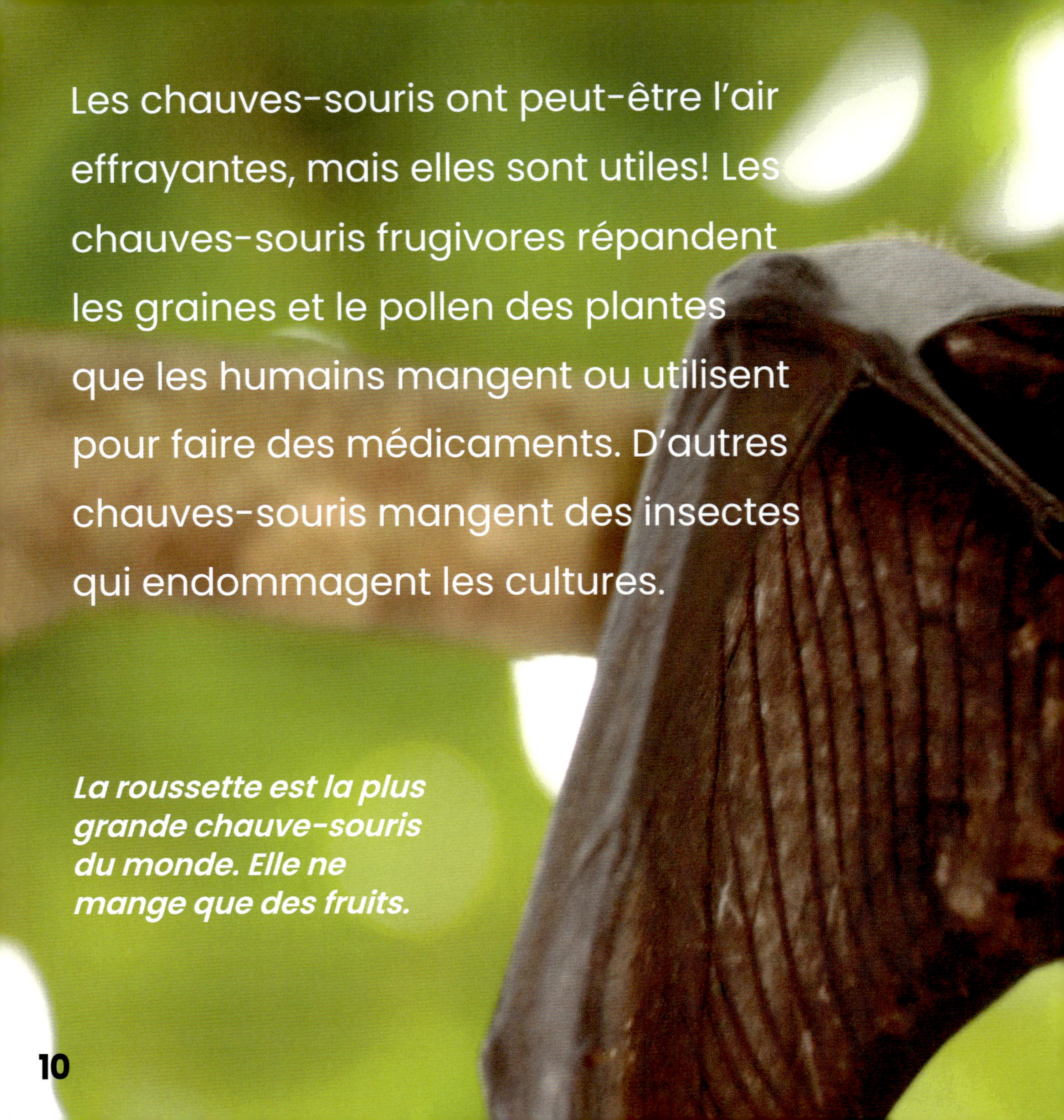

Les chauves-souris ont peut-être l'air effrayantes, mais elles sont utiles! Les chauves-souris frugivores répandent les graines et le pollen des plantes que les humains mangent ou utilisent pour faire des médicaments. D'autres chauves-souris mangent des insectes qui endommagent les cultures.

La roussette est la plus grande chauve-souris du monde. Elle ne mange que des fruits.

Les chauves-souris ont une bonne vue, mais elles entendent encore mieux. Elles utilisent l'**écholocalisation**, ou images sonores, pour trouver leur nourriture dans le noir.

Les chauves-souris émettent des cliquetis et des petits cris qui se répercutent sur les objets. Le son forme des images nettes dans leur cerveau.

EFFRAYANT OU INTÉRESSANT?

Les chauves-souris dont le nez est en forme de feuille émettent un son par leur nez pour l'écholocalisation. Ces étranges bouts de peau peuvent aussi aider à recevoir l'écho.

Molosse du Brésil

À LA MAISON DANS LE NOIR

La plupart des chauves-souris habitent dans des lieux tranquilles et sombres comme des cavernes ou des immeubles vides. D'autres se **perchent** dans les arbres. Les chauves-souris habitent au-dessus du sol pour se cacher des **prédateurs**.

Un groupe de chauves-souris qui vivent ensemble s'appelle une colonie.

La plupart des chauves-souris dorment la tête en bas. Elles se suspendent à des branches ou des corniches au moyen de leurs orteils crochus.

Certaines chauves-souris s'enveloppent de leurs ailes pour rester au chaud.

Les chauves-souris vivent presque partout, sauf dans les endroits où il fait très froid. Certaines chauves-souris **migrent** vers des lieux plus chauds à l'automne.

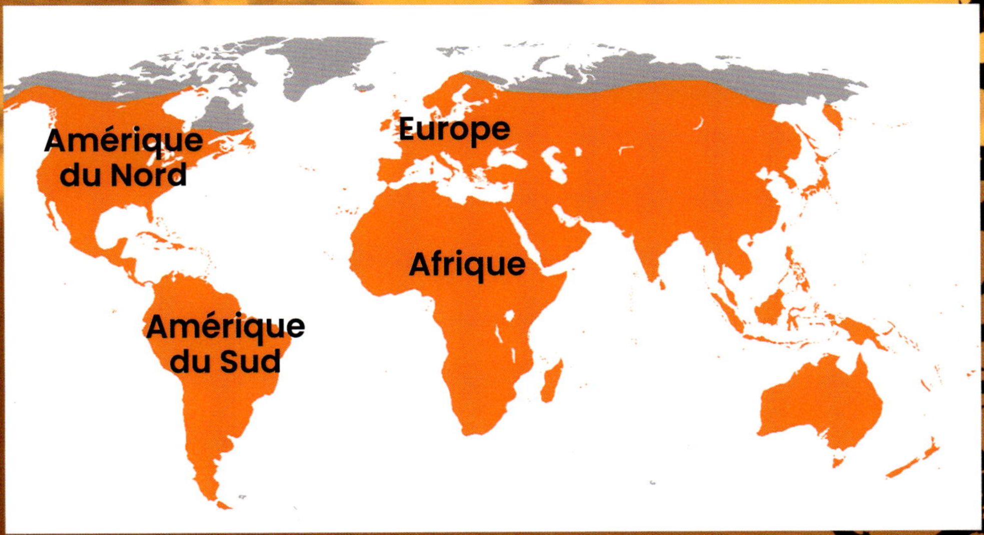

Régions du monde où l'on peut trouver des chauves-souris

LES BÉBÉS CHAUVES-SOURIS

La plupart des mères chauve-souris donnent naissance à un seul bébé chaque année. Les bébés sans défense ne peuvent pas voler à leur naissance. Ils s'agrippent à leur mère.

EFFRAYANT OU INTÉRESSANT?

Presque toutes les chauves-souris naissent sans pelage, et leurs yeux sont fermés.

Cette chauve-souris à épaulettes de Gambie vole avec un bébé accroché à son ventre.

Les petits deviennent rapidement trop lourds pour voler avec leur mère. Après quatre à six semaines, les bébés chauves-souris peuvent voler et chasser eux-mêmes.

LES CHAUVES-SOURIS SONT-ELLES EN VOIE DE DISPARITION?

Les chauves-souris sont importantes pour la planète. Les gens ont détruit leurs **habitats** ou les ont tuées parce qu'ils en avaient peur.

Depuis 2006, le syndrome du nez blanc a tué plus d'un million de chauves-souris en Amérique du Nord. Les scientifiques tentent de trouver un moyen d'y remédier.

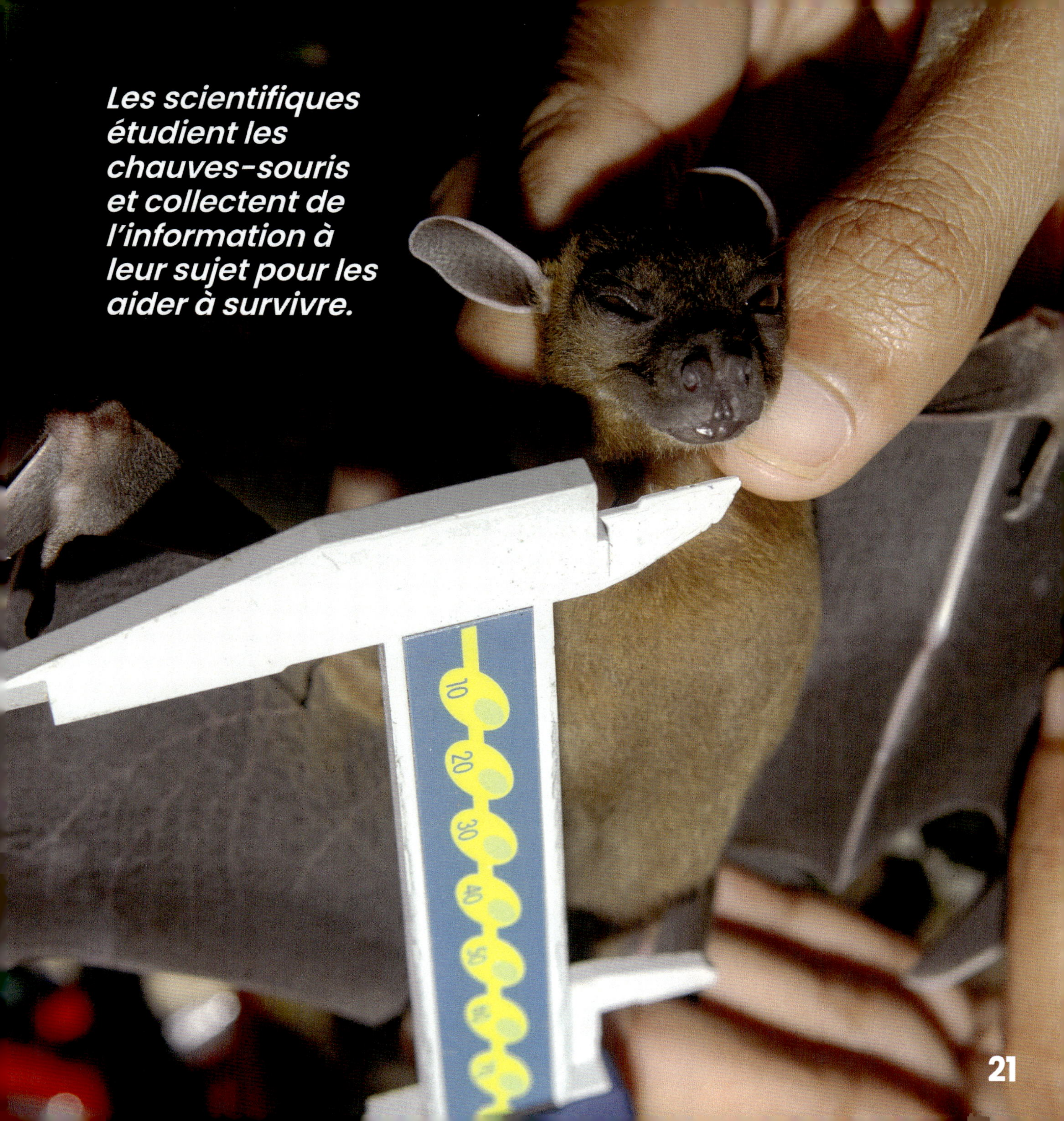

Les scientifiques étudient les chauves-souris et collectent de l'information à leur sujet pour les aider à survivre.

NOMME CETTE CHAUVE-SOURIS!

Relie chaque nom de chauve-souris à la bonne photo :

- **Roussette**
- **Molosse du Brésil**
- **Chauve-souris à épaulettes de Gambie**
- **Grand noctilion**
- **Senex de Centurio**

Réponses : **a.** Chauve-souris à épaulettes de Gambie, **b.** Senex de Centurio, **c.** Grand noctilion, **d.** Roussette, **e.** Molosse du Brésil

Glossaire

écholocalisation (é-ko-lo-ka-li-za-ssion) : L'envoi d'ondes sonores et l'utilisation de leur écho pour « voir » où sont les choses

habitat (a-bi-ta) : Un lieu où vit habituellement un animal

mammifères (ma-mi-fèr) : Animaux recouverts de fourrure ou de poils qui donnent naissance à des bébés vivants; les mères nourrissent leurs petits de leur propre lait

membrane (man-brann) : Une mince peau ou couche de protection

migrent (migr) : Se déplacer d'une région à l'autre selon les saisons

nocturnes (nok-turn) : Actifs la nuit

pays tropicaux (pè-i tro-pi-ko) : Des pays chauds

perchent (pèrch) : Se tenir à un endroit élevé

prédateurs (pré-da-teur) : Des animaux qui chassent d'autres animaux pour les manger

Index

Soutien de l'école à la maison pour les parents, les gardiens et les enseignants

Ce livre aide les enfants à se développer grâce à la pratique de la lecture. Voici quelques exemples de questions pour aider le lecteur ou la lectrice à développer ses capacités de compréhension. Les suggestions de réponses sont indiquées en rouge.

Avant la lecture

- **De quoi ce livre parle-t-il?** *Je pense que ce livre parle des chauves-souris. Je pense que ce livre explique où vivent les chauves-souris.*
- **Qu'est-ce que je veux apprendre sur ce sujet?** *Je veux savoir si les chauves-souris attaquent les gens. Je veux en apprendre davantage au sujet des chauves-souris et des cavernes.*

Pendant la lecture

- **Je me demande pourquoi...** *Je me demande pourquoi les chauves-souris dorment la tête en bas. Je me demande pourquoi les chauves-souris s'enveloppent de leurs ailes quand elles dorment.*
- **Qu'est-ce que j'ai appris jusqu'à présent?** *J'ai appris que les chauves-souris utilisent l'écholocalisation, ou images sonores, pour trouver de la nourriture dans le noir. J'ai appris que les chauves-souris aident les gens en répandant les graines et le pollen des plantes que les humains mangent ou utilisent pour faire des médicaments.*

Après la lecture

- **Nomme quelques détails que tu as retenus.** *J'ai appris que la plupart des chauves-souris sont nocturnes; elles volent la nuit et dorment le jour. J'ai appris que la plupart des chauves-souris mangent des moustiques et des insectes.*
- **Lis le livre à nouveau et cherche les mots du glossaire.** *Je vois le mot **membrane** à la page 5 et le mot **nocturnes** à la page 8. Les autres mots du glossaire se trouvent à la page 23.*

Crabtree Publishing Company
www.crabtreebooks.com 1–800–387–7650

Version imprimée du livre produite conjointement avec Blue Door Education en 2021.

Références photographiques : www.shutterstock.com et www.istock.com. Couverture © Ricardo Reitmeyer, p. 4, 5 © Matteo Volpi, squelette de chauve-souris © Waddell Images, p. 6, 7 © Ivan Kuzmin. P. 8 © Ivan Kuzmin. P. 9 photo du haut © Dr. Morley Read, photo du bas © Jplevraud. P. 10, 11 © Stephane Bidouze. p. 12, 13 © Jouke van Keulen, photo en médaillon © Ivan Kuzmin. P. 14,15 © George Burba, p. 16 © jakit17, p. 17 © Sarun T, p. 18-19 © Ivan Kuzmin, photo du bébé chauve-souris © Gert Vrey. P. 20 photo © U.S. Fish and Wildlife Service, p. 21 © Chokniti Khongchum

Imprimé au Canada/082021/CPC

Auteur : Tracy Nelson Maurer
Coordinatrice à l'impression : Katherine Berti
Traduction : Annie Evearts

Publié au Canada par Crabtree Publishing
616 Welland Ave.
St. Catharines, ON
L2M 5V6

Publié aux États-Unis par Crabtree Publishing
347 Fifth Ave
Suite 1402-145
New York, NY 10016

Catalogage avant publication de Bibliothèque et Archives Canada

Titre: Des chauves-souris / Tracy Nelson Maurer ; texte français d'Annie Evearts.
Autres titres: Bats. Français.
Noms: Maurer, Tracy Nelson, auteur.
Description: Mention de collection: Effrayantes mais intéressantes | Les jeunes plantes de Crabtree | Traduction de : Bats. | Comprend un index.
Identifiants: Canadiana (livre imprimé) 20210285699 | Canadiana (livre numérique) 20210285710 | ISBN 9781039608320 (couverture souple) | ISBN 9781039608443 (HTML) | ISBN 9781039608566 (EPUB)
Vedettes-matière: RVM: Chauves-souris—Ouvrages pour la jeunesse. | RVMGF: Documents pour la jeunesse.
Classification: LCC QL737.C5 M3914 2022 | CDD j599.4—dc23